In Memoriam

Hella Dorothea Gutjahr

Verena Gross

In den Armen
meines Vaters

Erzählungen

Bibliografische Information der Deutschen Nationalbibliothek:
Die Deutsche Nationalbibliothek verzeichnet diese Publikation
in der Deutschen Nationalbibliografie; detaillierte bibliografische
Daten sind im Internet über http://dnb.dnb.de abrufbar.

Zeichnung Cover: Daniel Gutjahr, 2015
Foto Seite 32: Renáta Sedmáková, AdobeStock_28301477
(Original in Farbe)

Herstellung und Verlag: BoD – Books on Demand, Norderstedt

ISBN: 978-3-7519-9473-6

Inhaltsverzeichnis

In den Armen meines Vaters

Kleine nasse Füße patschten den Boden der Terrasse entlang. Und kurze Zeit später saß ein Frosch direkt vor seinem Gesicht.

Mein Sohn!

Seine Gedanken eilten durch die Zeit. Gestern noch in den Händen gewiegt, kaum ein paar Stunden alt. Getrennt von allem, was Sicherheit versprach. Und heute schon voller Neugierde auf der Suche nach allem, was unbekannt ist.

„Sieh mal Vati, den habe ich gefangen. Ist es ein Junge oder ein Mädchen?"

Zwei glasige braune Augen starrten auf seine Nase und zwei strahlend blaue blickten ihn wissbegierig an.

„Das weiß ich nicht. Ich glaube nicht, dass man das unterscheiden kann. Bitte nimm ihn aus meinem Gesicht und setz ihn wieder in den Teich."

Die kleine Hand mit dem unfreiwillig auf ihr sitzenden Frosch zog sich zurück.

„Da sind aber ganz viele in dem Teich. Und außerdem war es gar nicht leicht, ihn zu fangen."

Eine zweite kleine Hand legte sich über den Frosch, als dieser versuchte, sich aus seiner misslichen Lage zu befreien. Und noch immer schauten ihn zwei Augen lobsuchend an.

„Was willst du denn mit ihm machen?"

„Mit ihm spielen!"

„Dann bring ihn zurück zum Teich und spiele da mit ihm. Dort im Nassen wird er sich bestimmt auch wohler fühlen."

Abrupt wandte sich der kleine Junge um, enttäuscht über das mangelnde Interesse. Und das Patschen kleiner nasser Füße entfernte sich wieder.

Die Sonne senkte sich in der nahenden Dämmerung langsam dem Horizont der fernen Stadt-

Silhouette entgegen. Die Vögel begannen im Grün der sie umgebenden Büsche und Bäume lautstark ihre Reviere für die kommende Nacht kundzutun.

Und vom eingenommenen üppigen Mahl träge gewordene Gedanken zogen langsam ihre Kreise. Das Fangen eines Frosches in Kindertagen begann Erinnerungen wachzurufen an einen längst Verstorbenen. Vergangene Tage der Suche und des Verstehen-Wollens, Stunden des Zorns und der Trauer über den ungerechten Verlust. Und der Wunsch, durch Vertauschen der Rolle, einem neuen Leben zu geben, was man selber missen musste.

Aber ein Sohn bleibt auch als Vater immer ein Sohn. Zuneigung und Stolz erwartend, Liebe und stärkendes Verständnis erhoffend. Im aufflammenden Kampf mit dem, der erst Verehrung finden kann, wenn er Schwäche zeigt.

Man muss gehen, um anzukommen. Zwingt einen das Schicksal jedoch, sich zu früh auf den Weg machen zu müssen, kann es passieren, dass man ziellos durch die Gegend eilt. Auf der Wanderschaft dann, teilt man mit vielen, von denen nur wenige bleiben, die geben können, was man meint zu brauchen. Erst später lernt man zu bekommen, indem man selber gibt. Aber auf der Suche bleibt man.

Ein starker Sohn braucht viele Väter: Einen, den er liebt und einen, den er verehrt. Einen, dem er seine Jugend schenkt und einen, von dem er lernt. Einen, dessen Geschichten er lauscht und einen, mit dem man Pferde stiehlt. Einen, dem man sich anvertraut und auch einen, den man verabscheut. Einen, den man versucht zu vergessen und einen, an den man immer wieder gerne denkt. Einen, von dem man gebraucht wird und einen, der das Fernweh schenkt.

Wer beharrlich sucht, wird ein paar Väter finden.

Doch, so manch Suchende schreien ihre Hoffnungen und Wünsche heraus. Erzählen von ihren Zielen und sind doch unfähig sie zu erreichen. Weil sie sich festklammern an den Gefühlen anderer, anstatt sich selbst zu vertrauen. Die wirklich Suchenden sprechen leise und die, welche gefunden haben, schweigen.

Trotz allem, *ein* Vater fehlt.

Ein Ruf schreckte ihn aus seinen Gedanken: „Vati komm mal her, ich muss dir etwas zeigen!"

Im kurzen Schilf des Teiches hockte eine Ente auf ihrem Nest und schnatterte aufgeregt den Eindringlingen entgegen.

„Ich habs genau gesehen, die hat Babies unter ihrem Bauch."

„Dann darfst du sie nicht stören. Hör mal, wie sie schnattert, weil sie Angst hat, um ihre Kinder. Komm, wir setzen uns hierher und schauen ihr ein bisschen zu."

Aber eine Ente, die nur auf ihrem Nest saß, war nicht interessant und im Gespensterwald hinter dem Schilf wartete schon wieder ein neues Abenteuer.

Mit den ruhigen Schritten auf dem schmalen ausgetrampelten Pfad kamen die Gedanken zurück.

Ein Vater fehlt. Aber vielleicht ist es zwecklos, IHN finden zu wollen und nur die Suche selbst der Sinn.

Das Verlangen und die Zweifel blieben. Und er ergab sich dem verunsichernden Gefühl, zu viel erfahren zu haben, um sich der Oberflächlichkeit anschließen zu können. Aber zu wenig zu wissen, um sein Schicksal zu bändigen.

Hinter ihm rief eine Frauenstimme aus dem Haus zum Abendbrot. Und kurze Zeit später patschten kleine nasse Füße die Terrasse entlang.

Sein Sohn fiel ihm um die Beine und klammerte sich an seinen Hüften fest. „Trag mich rein, Vati!", ertönte ein Befehl aus der Höhe seines Bauches.

Und zwei starke Arme zogen ein kleines, verschmutztes Bündel Hoffnung an sein Herz, bevor er sich zum Gehen wandte.

Nerhos zu verkaufen

Sechs Uhr früh. Der schweigsame Eierverkäufer war wie immer der Erste, der seinen Stand auf dem Wochenmarkt aufbaute. Er befestigte die Plane an den Stangen des Holzgerüstes. Dann ging er zu seinem Lieferwagen, holte die Pappkartons mit den Hühnereiern aus dem Auto und trug einen Karton nach dem anderen, langsam und vorsichtig, zu seinem Stand. Dort öffnete er die Kartons und fing an, die kleinen Papppaletten mit den Eiern behutsam heraus zu nehmen und sie sorgfältig zu kleinen Türmen aufzustapeln: Eigröße für Eigröße und Güteklasse für Güteklasse.

Währenddessen wurde es um ihn herum betriebsam. Die anderen Marktleute trafen ein und bauten ebenfalls ihre Stände auf. Der Eierverkäufer war noch damit beschäftigt, Preisschilder vor die Eiertürmchen zu stellen, da begann ihm gegenüber ein Mann seine Waren auszupacken, der erst seit kurzer Zeit auf den Wochenmarkt kam. Der Eierverkäufer mochte diesen Kerl nicht besonders – er hielt ihn für einen Betrüger, der unnütze Staubfänger verkaufte, die der Mann Nerhos nannte. Seiner Ansicht nach brauchte man so etwas überhaupt nicht. Aus diesem Grund war er auch der Meinung, dass der Kerl nur versuchte, die Leute übers Ohr zu hauen, um möglichst schnell möglichst viel Geld zu verdienen.

Und das tat der Mann, der mit seinen Nerhos einen großen Anklang bei den Kunden gefunden hatte. Woche um Woche konnte der Eierverkäufer verfolgen, wie der Kerl von gegenüber mehr von seinen Waren verkaufte. Eigentlich war er ja neidisch darauf, aber er verbarg dieses Gefühl hinter seinem Argwohn.

Und so stand er auch heute wieder hinter seinen Eiertürmen und wartete mürrisch auf Kundschaft.

Bald hörte er die Stimme des Mannes von gegenüber laut und fröhlich über den Markt rufen: „Nerhos, wunderschöne Nerhos zu verkaufen! Nerhos, Leute, kauft jetzt die neuen Nerhos!"

Wie zuvor brauchte der Mann auch heute seine Waren nicht lange anzupreisen. Wie magisch angezogen kamen die Menschen zu seinem Stand und wollten mehr über die Nerhos wissen, die der Mann anzubieten hatte.

Der stand inmitten seiner Waren, die um ihn herum hingen und lagen und erklärte: „Nerhos verschönern das Leben! Sie muntern auf, wenn man traurig ist und machen eine schwere Zeit erträglicher. Sie helfen einen Weg zu finden, wenn man nicht mehr weiter weiß. Nerhos erleichtern, weil sie einen zum Erzählen bringen. Und für jeden Geschmack gibt es hier etwas!"

In der Tat, da waren große, kleine, schmale, breite, lange und kurze Nerhos zu sehen. Der letzte Schrei waren die bunten, angemalten. Aber es gab auch welche mit Schmuck oder einem glitzernden Ring daran. Der Mann führte jedes einzeln vor: „Man stellt sie auf, wo man gerade sitzt oder steht, am besten zu Hause. Aber ebenso bei der Arbeit oder im Büro. Im Auto geht es auch, da nimmt man einen mit Ring zum Aufhängen." Er zeigte, wie man den Nerho für unterwegs einfach nur auf den Kopf setzte und welche Modelle mit Mütze oder Hut zur Auswahl standen.

Der Erfolg der Nerhos hatte sich inzwischen herumgesprochen und einige Menschen kamen und kauften, einfach nur um „dazu zu gehören". Andere hofften auf die versprochene Wirkung und erwarben gleich mehrere. Auch an diesem Tag fanden die Nerhos wieder einen reißenden Absatz. Der Eierverkäufer schaute so mürrisch, dass der Mann von gegenüber sich eine Bemerkung nicht versagen konnte: „Warum probierst du nicht auch einmal eins von meinen Nerhos? Deine Miene würde sich bestimmt ein wenig aufhellen."

„Weil ich glaube, dass das Ganze nur ein Trick ist", antwortete der Eierverkäufer abweisend auf die unerwartete Ansprache und holte etwas verunsichert ein paar leere Kartons hervor. „Ich gebe mein schwer verdientes Geld nicht für etwas aus, das dann zu Hause nur herumsteht und einstaubt. Solch einen Firlefanz will ich nicht bei mir haben", fügte er hinzu und ließ beim Einpacken der Hühnereier vor lauter Aufregung eine halbvolle Papppalette fallen.

Der Mann, der die Nerhos verkaufte, betrachtete einen Moment lang den glitschigen, durchsichtig-gelben Brei auf dem Boden und überlegte. Schließlich ging er hinüber zu dem Eierverkäufer und machte ihm ein Angebot: „Ich schlage dir eine Wette vor! Ich schenke dir ein Nerho und dafür stellst du es bei dir zu Hause auf."

Der Eierverkäufer schaute den Mann sehr misstrauisch an, überzeugt davon, dass der vorhatte, sich einen Spaß auf seine Kosten zu erlauben. „Und worum wetten wir?", wollte er wissen, darauf gefasst, irgendeine spöttische Antwort zu erhalten.

„Darum, dass du in ein paar Wochen mit besserer Laune hinter deinem Stand stehst. Und zugibst, dass ich kein Betrüger bin."

„Das ist alles?"

„Ja. Du kannst nichts verlieren, außer deiner jetzigen Meinung. Schlägst du ein?", fragte der Mann und bot ihm seine Hand an.

Der Eierverkäufer wurde unsicher. Sollte an der

ganzen Sache doch etwas dran sein? Schlug er nicht ein, würde ihn der Mann bestimmt einen Feigling schimpfen. „Gut, ich mache mit", antwortete er schließlich und reichte ihm die Hand.

Sie gingen zu dem Stand des Mannes. Und weil der Eierverkäufer ein schwieriger Fall war, schenkte der ihm gleich mehrere Nerhos.

Nach der Arbeit nahm der Eierverkäufer die Nerhos mit in seine Wohnung. Und schon während er sie aufstellte, begannen sie zu wirken – jedoch ohne, dass er es bemerkte. Vor sich hin murmelnd überlegte er, welches Nerho am besten in welches Zimmer passte. Und er lief einige Male hin und her, bis er mit der Aufteilung zufrieden war.

Es vergingen einige Wochen, in denen der Eierverkäufer nur selten an die Nerhos und an sein Versprechen dachte.

Doch dann entdeckte er mit einem Mal die ersten Veränderungen: eines Morgens beim Rasieren hörte er sich plötzlich selbst singen! Und am folgenden Tag stellte er fest, dass seine

Telefonrechnung sich erhöht hatte, weil er nun abends öfter mal den Wunsch verspürte, alte Bekannte und neue Freunde anzurufen – um sich zu erkundigen, ob es ihnen gut ging und um ihnen zu erzählen, was er selbst so alles erlebte in der letzten Zeit. Es war ihm fast unheimlich, als der Eierverkäufer wahrnahm, was er den anderen Verkäufern vom Markt inzwischen alles über sich selbst anvertraut hatte. Und schließlich begann er sich darüber zu wundern, dass die Kunden auf einmal an seinem Stand stehen blieben – aber nicht nur, um Hühnereier zu kaufen, sondern um sich mit ihm zu unterhalten.

„Na, die grimmigen Falten auf deiner Stirn sind ja verschwunden! Wie geht es dir?", fragte der Mann von gegenüber eines Tages.

Der Eierverkäufer schaute ihm in die Augen. Er dachte an die vergangenen Wochen und erst in diesem Moment konnte er den Unterschied in Worte kleiden: „Ich fühle mich irgendwie – leichter", antwortete er ehrlich.

Der Mann mit den Nerhos lächelte. „Und", wollte er wissen, „was ist mit unserer Wette?"

Der Eierverkäufer lächelte freundlich: „Ich weiß noch immer nicht, was für Einer du bist, aber ein Betrüger jedenfalls nicht. Vielleicht ein liebenswerter Schwindler." Er war neugierig geworden und wollte wissen: „Wie machst du das?"

„Ich habe damit nichts zu tun. Das machen die Nerhos", entgegnete der Mann.

Der Eierverkäufer ließ jedoch nicht locker und fragte noch einmal: „Was ist das für ein Trick? Wie funktioniert das?"

„Das findest du selbst heraus", lachte da der Mann, wandte sich um und blieb ihm die Antwort schuldig.

Für den Abend hatte der Eierverkäufer eine Einladung zu einer Geburtstagsfeier erhalten. Er freute sich schon sehr darauf und nahm extra ein Bad, um frisch und duftend und in seinem neuen Anzug dort hinzugehen.

Auf der Kommode im Flur lag ein Briefbeschwerer in Form einer kleinen Glaskugel. Dahinter hatte er sein Geschenk für das Geburtstagskind an die Wand gelehnt: ein Nerho. Während der Eierverkäufer sich fertig machte, lief er ein paarmal daran vorbei. Noch immer beschäftigte ihn die Frage, wie die Nerhos es geschafft hatten, Anteilnahme und Freundschaft in sein Leben zu bringen. Auf jeden Fall war ein Nerho das schönste Präsent, das er sich vorstellen konnte. Es schenkte Lebensfreude und er war sicher, dass es seinem Freund gefallen würde.

Während er vor der Kommode seinen Mantel anzog, betrachtete der Eierverkäufer noch einmal in Gedanken versunken das Geschenk vor ihm. Da erstarrte er plötzlich, als er – in der Kugel davor – auf das, durch das Glas auf den Kopf und seitenverkehrt gedrehte Etikett der Verpackung schaute. Denn dort konnte er lesen:

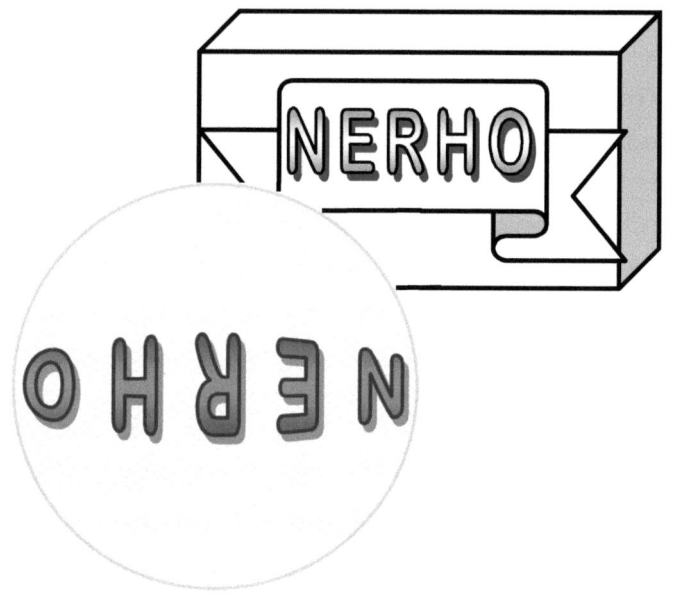

Zuerst glaubte der Eierverkäufer seinen Augen nicht trauen zu können. Doch dann lachte er laut über sich selbst und rief: „Warum bin ich nicht schon früher darauf gekommen!"

Lara

Lara stand in der Mitte des Zimmers und blickte sich neugierig um. Sie hatte eine lange Reise hinter sich und war gerade erst angekommen. Eigentlich kann man sagen, dass sie sich schon seit ihrer Kindheit auf diese Reise gefreut hatte. Und die Vorfreude war mit den Jahren immer größer geworden – jedes Mal, wenn der Vater ihr von den Menschen erzählte, die sie hier treffen würde. Außerdem war sie so gespannt darauf, endlich ihren Bruder kennenzulernen. Er arbeitete als Clown und war schon in diese Stadt gekommen, bevor sie geboren wurde.

Das Zimmer, in dem sie wohnen sollte, gefiel ihr. Es war hell, gemütlich eingerichtet und viele Pflanzen verliehen dem Raum eine lebendige Atmosphäre. An der Decke schwebte ein weißer Baldachin, unter dem man sich geborgen fühlte, wie in einem kuscheligen Zelt.

Bald würde ihr Lehrer kommen, um sie zu begrüßen. Erst jetzt spürte sie, dass sie diesem allerersten Treffen auch mit etwas Furcht entgegen blickte. Sie hoffte, dass sie seinen Erwartungen entsprechen würde und hatte sich für diesen Tag besonders hübsch gemacht. Jedenfalls nahm Lara sich vor, im Unterricht folgsam zu sein und solange geduldig die Übungen zu wiederholen, welche sie lernen würde, bis der Lehrer zufrieden mit ihr war. Sie wiederholte die ersten Schritte, die der Vater ihr beigebracht hatte. Anmutig bewegte sie Arme und Beine, bis ihr ganzer Körper den Eindruck vermittelte, sie würde leicht, wie eine Feder, über den Boden schweben. Da hielt sie inne und dachte lächelnd an die Zukunft.

Irgendwann, wenn sie genügend gelernt hätte, würde der Tag kommen, an dem sie das erste Mal auftreten und mit ihrem Lehrer das zeigen durfte, was sie einstudiert hatten. Wieder fühlte sie die freudige Erwartung, welche sie immer empfand, wenn sie sich vorstellte, wie das Publikum murmelnd und neugierig die kommende Vorstellung erwartete. Wie dann der Vorhang sich öffnete und sie, angestrahlt von hellem Scheinwerferlicht, die Bühne betrat. Dann erklang Musik in ihren Ohren und wie von selbst begannen ihre Füße zu tanzen. Aber bis dahin war es noch ein weiter Weg. Sie wusste, dass ihr Lehrer erst herausfinden wollte, welche Stücke für sie geeignet waren und was für Rollen ihr dabei zukamen. Vielleicht würde er sogar ein Stück extra für sie schreiben, in dem sie dann die Hauptrolle spielen durfte.

Doch das war ein ganz geheimer Wunsch und sie hatte noch niemandem davon erzählt. Es war aber ihr Traum und in einem Traum darf man sich so etwas vorstellen. Die Vorstellungskraft würde ihr die Ausdauer verleihen, solange zu üben, bis ihr Wunsch Wirklichkeit werden konnte. Bis dahin jedoch würden die Geschichten sie nur insgeheim begleiten: Abenteuer, in denen sie von bösen Räubern bedroht und schließlich von einem schönen Prinzen gerettet wurde; Märchen, welche sie traurig und verlassen im finsteren Wald zeigten, bis ein mutiger Wandersmann sie wieder zur strahlend hellen Sonne führte. Und lustige Geschichten, in denen sie mit einem Clown viel Spaß hatte und das Publikum zum Lachen brachte.

Da fiel draußen eine Tür ins Schloss und riss Lara aus ihren Träumen. In ihrer Phantasie hatte sie eine Reise um die Welt gemacht und sie musste sich erst besinnen, wo sie jetzt war. Noch einmal schaute sie im Zimmer umher und freute sich aufs Neue endlich hier zu sein. Jetzt war sie auch nicht mehr so aufgeregt wie zuvor.

Lächelnd erwartete sie ihren Lehrer, als er zusammen mit ihrem Bruder den Raum betrat. Und ein Glücksgefühl durchströmte sie, als er sie vorsichtig bei den Händen nahm, um mit geschickten Fingern ihren Körper an langen, dünnen Fäden sanft zum Leben zu erwecken.

In der U-Bahnlinie Nummer 1

Kurfürstenstraße.

Aus der spärlich beleuchteten Kälte des U-Bahnhofs bewegt sich der Zug langsam beschleunigend in Richtung Schlesisches Tor und taucht Abteil für Abteil in die enge Dunkelheit des Tunnels ein. Sanft geschüttelt spürt die junge Frau die zunehmende Steigung, welche die Räder auf den Schienen erklimmen. Mit jedem Meter, den der Zug vorankommt, wird sie ihrer ebenfalls steigenden inneren Spannung gewahr und erwartet, fast sehnsüchtig, das Erreichen der Höhe.

Und dann – obwohl sie weiß, was geschehen wird – doch immer wieder unerwartet plötzlich, ist sie da: die strahlende Helligkeit und ermutigende Wärme der Sonne. Die Weite und Betriebsamkeit der Stadt erblickend fühlt sie sich jedesmal ein bisschen wie neugeboren, wenn sich die Untergrundbahn in eine Hochbahn verwandelt und ihre Fahrgäste aus der Blindheit in die Freiheit entlässt.

Gleisdreieck.

Undeutlich mit sich selbst redend lässt sich ein Betrunkener in dem fast voll besetzten Zug auf den leeren Platz am Ende der Sitzbank fallen. Er ist Mitte Dreißig und sehr schmutzig. Blitzschnell die Peinlichkeit der Situation erfassend wenden sich die Blicke der meisten Fahrgäste demonstrativ ab. Nun wird sich der betrunkene Mann des Publikums bewusst und er beginnt deutlicher zu sprechen. Er erzählt von seiner Frau, welche ihn verlassen hat und den Kindern, die er jetzt nicht mehr sehen darf. Er fühlt sich einsam und ruft seine Verlassenheit den Anwesenden in die abweisenden Gesichter.

Jeden um sich herum versucht der Mann anzusprechen, in der Hoffnung, etwas Mitgefühl zu finden. Aber die Aufmerksamkeit der Fahrgäste konzentriert sich nur auf die ängstlich erwartete Möglichkeit angepöbelt zu werden. Das eisige Schweigen, welches ihn umgibt, ist zwar gemeint als unsicherer Versuch, den Betrunkenen nicht etwa zu provozieren, bewirkt jedoch das Gegenteil. Aggressiv gestikulierend wirft der Mann den Leuten schließlich vor, dass sie sich nicht um ihren Nächsten kümmerten; dass er vor ihren Augen verrecken könnte und sich doch niemand seiner annehmen würde. Keiner scheint ihm zuzuhören und so missachtet fühlt er sich, als ob er eigentlich gar nicht existiert.

Plötzlich versinkt der betrunkene Mann in gedemütigter Stille. Ein paar Tränen rinnen durch seinen einige Tage alten, ungepflegten Bart. Da kommt ihm eine Idee, wie er ihnen beweisen kann, dass er recht hat. Zögernd erhebt er den rechten Arm und hält dem Nachbarn seine Hand hin. Gerade so, als ob er ihm „Guten Tag" sagen wollte, fordert er den Unbekannten auf, seinen Gruß zu erwidern. Doch er erhält keine Antwort.

Nach einer Weile versucht er es bei einem anderen. Aber niemand ist bereit, dem Betrunkenen die Hand zu reichen. Der Mann beginnt wieder zu schimpfen und will wissen, warum sie denn noch nicht einmal DAS zu tun in der Lage wären.

Als einige der Fahrgäste schon fürchten, dass er jetzt doch handgreiflich werden würde, wird der

Betrunkene auf den Jungen aufmerksam, welcher ihm gegenüber sitzt und den er bisher nicht angesprochen hatte. Der Mann wird unsicher, denn der Junge ist der einzige, der ihm in die Augen schauen kann, ohne dass sich Abscheu in dessen Gesicht zeigt. Er spürt genau das, wonach er bei den anderen Menschen gesucht hatte: mit wacher Anteilnahme wird er wahrgenommen und dieses Interesse gilt nicht seiner heruntergekommenen Erscheinung, sondern dem, was er sagt.

Mit dem Gefühl vielleicht doch das Gegenteil von dem zu erreichen, was er eigentlich beweisen wollte, reicht er dem Jungen hoffnungsvoll über den Gang zwischen den Sitzbänken hinweg seine Hand.

Der Junge zögert, er braucht Mut. Nicht weil der Mann betrunken und ihm unbekannt ist. Sondern unter dem Eindruck etwas Besonderes tun zu wollen, beugt er sich schließlich vor und – löst die Spannung, welche in ihm, im gesamten Abteil des Zuges entstanden war.

Der Betrunkene lächelt dankbar, zieht seine Hand schneller zurück, als der Junge es erwartet hat und sagt: „Du bist ein guter Mensch."

Möckernbrücke.

Der U-Bahnzug leert sich, viele Menschen steigen hier um. Ein Mädchen betritt das Abteil. Der Kopfhörer, den sie trägt und das in ihre Tasche führende dünne Kabel verraten, dass sie einen Walkman bei sich hat. Aber welchen Klängen sie lauscht, kann man nicht hören, denn die Lautstärke der abgespielten Kassette ist unaufdringlich leise eingestellt. Ganz im Gegensatz zu der Aufnahme, welche sich der junge Mann anhört, in dessen Nähe sie sich setzt. Schon eine Weile ertragen die Mitfahrenden, zum Teil mit Sorge um die Hörorgane des Mannes, die störenden hämmernden Geräusche aus seinem Kopfhörer.

Die gewöhnliche Atmosphäre während einer U-Bahnfahrt stellt sich ein: hat man nichts zu lesen oder einfach aus Müdigkeit die Augen geschlossen, suchen die Blicke der Fahrgäste Halt an den Übersichtsplänen der verschiedenen Bahnlinien, die innen am Dach des Zuges kleben, an den Reklameschildern, welche sich an den Seitenwänden des Abteils befinden oder man betrachtet die vermeintlich interessanten Füße der anderen Fahrgäste.

Auf einmal nimmt das Mädchen ihre Kopfhörer ab und blickt den ebenfalls Walkman-hörenden Mitfahrer an. Versunken in die Musik, welche er hört, nimmt dieser natürlich nicht wahr, dass er prüfend beobachtet wird. Da tippt das Mädchen den jungen Mann an die Schulter, wartet bis er in Erwartung einer Frage auch seine Kopfhörer abgenommen hat und sagt dann höflich, aber bestimmt: „Könntest du es bitte etwas leiser stellen. Das ist so laut, ich kann meine eigene Musik nicht hören."

Etwas unwillig, aber vor allem überrascht, antwortet der junge Mann: „Ja, ist gut", setzt seine Kopfhörer wieder auf und stellt die Lautstärke leiser.

Über die Gesichter der Fahrgäste, welche das Geschehen verfolgt haben, huscht ein belustigtes bis erstauntes Lächeln, als das Mädchen ihre Kopfhörer wieder aufsetzt und aufs Neue beginnt, sich auf ihre Musik zu konzentrieren.

Hallesches Tor.

Nur noch eine Station, dann muss die junge Frau aussteigen. Anschließend noch ein paar Minuten zu Fuß und sie ist zu Hause. Kurz bevor der Zug losfährt, springt noch ein Mann in das Abteil. Auch er bleibt, so wie sie, direkt an der Tür stehen.

Den nächsten Bahnhof erwartend blickt die Frau aus dem Fenster der Schiebetür des Zuges zu den vorbei gleitenden Mietskasernen. Dabei fällt ihr Blick auf den Mann, welcher gerade eingestiegen ist. Der erste Eindruck, den er auf sie macht, ist durchaus ansprechend. Sie schaut ihm in das sich im Glas der Tür spiegelnde Gesicht und wendet sich dem Mann zu. Auch er blickt ihr kurz in die Augen, dreht dann aber schüchtern seinen Kopf zur Seite. Die junge Frau spürt den Wunsch ihn anzulächeln und betrachtet den Mann deshalb eine Weile. Als er sie schließlich wieder anschaut, verlässt sie allerdings der Mut und auch sie wendet sich ab.

„So ein Mist", denkt sie, „warum schaffe ich das nicht?"

Der Zug beginnt zu bremsen und hält an der nächsten Station. Die Frau steigt aus, mit den Gedanken schon zu Hause in der Wohnung und dem, was sie zu tun vorhat. Einen Häuserblock den Bürgersteig entlang, dann über die Straße. Gleich kommt die Brücke und anschließend sind es nur noch ein paar Meter. Als sie die Straße überquert, muss sie den Blick von dem Bürgersteig unter ihr lösen und aufschauen.

Kein Auto, aber da in der Haustür: der Mann aus der U-Bahn. Sie erkennt ihn sofort wieder und ehe sie überhaupt nachdenken kann, beginnt sie zu lächeln.

Erstaunt lacht der Mann zurück, bevor er mit seinen Einkaufstüten im Flur des Mietshauses verschwindet.

„Das nächste Mal gleich", denkt die junge Frau, während sie fröhlich weitergeht.

Ein weißes Nichts

Möglicherweise war es in einer Zukunft. Gegebenenfalls formt sich ein Universum.

„Ist es vorbei?"

„Nein, noch nicht."

„Wie fühlst du dich?"

„Es schmerzt so sehr, es droht mich zu zerreißen!"

„Kannst du sagen, was dir daran Angst macht?"

„Das ich nichts darüber weiß."

„Stelle dir ein Nichts vor!"

„Das ist schwer. Warum soll ich das tun?"

„Stelle dir vor, wovor du dich fürchtest. Was ist an einem Nichts so erschreckend?"

„Das es nicht so ist, wie jetzt.“

„Wie du es kennst?“

„Ja. Ich werde mich nicht mehr so spüren, wie ich es jetzt kann.“

„Jede Trennung ...“

„Hör auf! Es wird so schlimm, dass ich gleich schreien muss und das will ich nicht.“

„Aber wenn du nichts darüber weißt, weißt du doch eigentlich auch nicht, wie es sich anfühlt. Ob du überhaupt irgendetwas spürst.“

„Wenn du jetzt nicht sofort aufhörst, dann verschwinde ich. So linderst du die Schmerzen nicht. Es tut nur noch mehr weh. Es ist immer das Gleiche, ich kenne das inzwischen. Die Angst vor dem Tod kommt und sie geht auch wieder. Aber wenn sie da ist, ist es schrecklich. Dann muss ich aufpassen, dass ich mich nicht vergesse und durchdrehe. Diese Angst, das fühlt sich an, wie in einen furchtbaren, chaotischen Strudel gezogen zu werden. Je näher man dem Zentrum kommt, desto gefährlicher wird es. Ich *muss die Balance halten, so lange, bis der Sog nachlässt und ich mich aus seiner Anziehung lösen kann. Wenn wir darüber sprechen, wenn du mir solche Fragen stellst, dann drohe ich die Balance zu verlieren. Und wenn das geschehen sollte, würde ich auslösen, wovor ich am meisten Angst habe: meinen Tod. Also lass uns bitte schweigen und abwarten, bis es vorüber ist."*

„Entschuldige, ich will dich ablenken. Versuchen, dich auf andere, neue Gedanken zu bringen. Ich bin der Meinung, dass die Furcht erträglicher wird, wenn du dich vertraut machst mit dem, was dir diese entsetzlichen Schmerzen bereitet. Deswegen kommst du doch zu mir, um zu erfahren, was ich denke und um dich begleiten zu lassen."

„Ja, du bist älter als ich. Ich bin hier, weil du so viel weißt. Du erzählst von deinen Erlebnissen und ich versuche zu lernen. Du hast schon Antworten gefunden, nach denen ich noch suche. Warum hast du keine Angst vor dem Sterben?"

„Sie würde mich am Leben hindern."

„Was glaubst du, wie es sich anfühlt, das

Sterben?"

„Wie Einschlafen."

„Wie meinst du das?"

„Was fühlst du, wenn du schläfst?"

„Wenn ich schlafe?"

„Ja. Nimm an, der Tod ist wie ein endloser Schlaf."

„Ich schlafe nicht gern. Der Schlaf ist der kleine Bruder des Todes. Aber Aufwachen ist schön."

„Warum?"

„Dann beginnt das Leben."

„Und das Fühlen."

„Ja, du hast Recht. Zu fühlen bedeutet zu leben."

„Und Leben ist Fühlen?"

„Irgendwie schon."

„Und wenn du schläfst?"

„Nichts. Ich fühle mich nicht, wenn ich schlafe."

„Wenn du in einem Nichts gar nichts fühlst, was kann dir Angst machen?"

„In einem Nichts? Das ist zu dumm. Darum geht es auch nicht, es geht um Jetzt. Und jetzt macht mir Angst, dass es eine Zeit gibt, in der ich nicht mehr da sein werde, mich irgendwie auflöse."

„Du bist nicht allein. Du bist nur ein winziger, vielschichtiger Teil eines noch komplizierteren Teils eines nicht fassbaren Ganzen. Wenn du dich irgendwie auflöst, bleibst du irgendwie Teil des Ganzen."

„Hör auf! Bitte! Die Panik kommt zurück."

„Glaubst du, dass dein Sein, dein Werden einen Sinn hat?"

„Ich weiß nicht. Ist mir egal. Vielleicht. Ich kann meinem Leben einen Sinn geben – wenn ich es will, denke ich."

„Du selbst und alles Leben um dich herum verändert sich fortwährend, steht niemals still. Das wäre ein Widerspruch in sich. Leben muss wachsen und vergehen. Magst du noch zuhören?"

„Ja."

„Wenn der Tod nicht wäre, könnte es kein Leben geben, das wiederum neuem Leben weichen muss. Wenn Fühlen Leben ist und man dem Leben eine Bedeutung gibt, hat auch das Vergehen seinen Sinn. Wenn du es so betrachten willst, könntest du auch deinem Nicht-mehr-da-sein, dich nicht mehr fühlen, eine freundlichere Bedeutung geben."

„Das hört sich ziemlich erwachsen an."

„Ja."

„Wie meintest du das vorhin mit dem Nichts? Ich soll mir vorstellen, wovor ich Angst habe?"

„Du hast gesagt, der Tod ist für dich etwas, worüber du nichts weißt und gerade das ist es, was so schlimm für dich ist."

„Ja. Was stellst du dir unter einem Nichts vor?"

„Etwas Allumfassendes, das dunkel, nein, richtig schwarz und kalt ist."

„Wieso kalt? Und warum schwarz, warum nicht weiß? Ein weißes Nichts!"

„Was ist so furchterregend an einem weißen Nichts?"

„Ich habe dir schon gesagt, dass ich glaube, dass es ganz anders sein wird als jetzt und das ist das Schwierige."

„Ja, ich glaube auch, dass es anders sein wird, als jetzt. Aber das ist es nach jeder Trennung von etwas, das einem vertraut und wichtig ist."

„Du meinst Sterben ist wie Gehen müssen, der Tod wie eine Trennung?"

„Ja, etwas verändert sich."

„Alles verändert sich. Es ist der letzte Abschied, eine endgültige Trennung!"

„Solche gibt es doch auch jetzt schon. Du weißt bei keinem Abschied, ob es nicht vielleicht der letzte ist."

„Aber man weiß, dass er auf einen zukommt, dass er unumgänglich ist. Es ist eine unausweichliche Trennung."

„Das sind andere auch, noch während du lebst."

„Aber es fühlt sich an, wie die schwerste. Es ist der schlimmste Abschied."

„Ja. Nimm an, du hättest keine Angst mehr vor dem Tod. Was würde passieren?"

„Ich würde anfangen zu genießen. Zu genießen und zu weinen."

In einer unermesslichen Zeit, in einem nicht begreifbaren Raum bewegten sich zwei Wesen, ein altes und ein junges. Unausgesprochene Gedanken pulsierten durch das All, sie unterhielten sich. Atome hatten sich gefunden, waren zu Gas geworden. Zirkulierende Energie, Wolken aus Staub und Licht trieben scheinbar schwerelos zwischen den Sternen. Eigentliches, zweifelndes, suchendes Leben ohne feste Hülle durchstreifte hoffend ein Stückchen Galaxis. Das Ausmaß ihrer wabernden, sich ruhelos ausdehnenden und mitunter spiralförmig zusammenschrumpfenden Gestalt hing ab von dem Vergleich, den man wählte.

Sie konnten nicht wissen, was sie im Jenseits erwartete. So wie du und ich es nun wissen.